ODE

AU ROI,

PAR

A. DE FERRIER,

CHEVALIER DE LA LÉGION-D'HONNEUR.

Prix : 5o centimes.

PARIS,

PALAIS-ROYAL.

MARS 1831.

ODE

AU ROI.

Quand par la foudre populaire
Fut atteint l'oppresseur de la patrie en deuil,
Sa main parjure et sanguinaire
Des libertés du monde entr'ouvrait le cercueil.
Arraché furieux à sa mourante proie,
De sa longue souffrance il espéra l'horreur;
Mais tu parais, Philippe, et tressaillant de joie
La France te salue et nomme son sauveur.

Aux fiers accens d'un peuple librc
Ta généreuse voix aussitôt répondit,
    Et dans un sublime équilibre
Le poids de tes vertus soudain nous rétablit.
Et sur quelle autre tête, en quelles mains plus pures
Le sceptre et la couronne eussent-ils été mis?
Comme nous des tyrans tu bravas les injures;
Comme nous tu chassas nos cruels ennemis.

De nos brillantes destinées
Nous t'avons confié le dépôt précieux,
    Et des immortelles journées
Ton bras doit diriger le phare radieux.
Souviens-toi que tu fus le fils de la victoire
Avant qu'en tes foyers on te vît un Titus!
Jemmapes et Fleurus ont commencé ta gloire:
Ne veux-tu plus revoir Jemmapes et Fleurus?

Que d'une ambition funeste
Ton cœur n'écoute point le dangereux appât ;
Que prudent autant que modeste
Du nom de conquérant tu redoutes l'éclat ;
La France admire en toi cette haute sagesse
Qui vers la douce paix tourne tous ses efforts,
Et qui, vierge d'écarts ainsi que de faiblesse,
D'un peuple belliqueux maîtrise les transports.

Mais quand de l'affreux despotisme
Du Nord jusqu'au Midi j'entends rugir la voix ;
Quand par un barbare égoïsme
Contre l'humanité se conjurent les rois ;
Au sein des nations qui suivent notre trace
Quand ils osent porter et la flamme et le fer,
Peux-tu souffrir encor leur trop coupable audace,
Et sous nos yeux le crime ira-t-il triompher ?

Entends-tu ces cris lamentables,
Ces sinistres clameurs que pousse un peuple entier?
Vois-tu ces cités déplorables
Que menace déjà le glaive meurtrier?
Vois-tu ces flots de sang qu'une inhumaine rage
Répand, en invoquant la justice et les dieux,
Ces femmes, ces vieillards traînés dans l'esclavage,
Ou livrés au courroux d'un vainqueur furieux?

De ces malheureuses victimes
Quels sont donc les forfaits, quels sont les attentats,
Et par quels juges légitimes
Sont-ils ainsi voués au plus affreux trépas?
Leur crime, hélas! leur crime était d'être nos frères,
Et d'avoir, comme nous, voulu la liberté;
D'avoir aussi peut-être, en des jours moins prospères,
Versé pour nous un sang qui n'est point racheté.

Et toi dont la gloire passée
De l'univers encor fait l'admiration,
Toi qui, lasse d'être oppressée,
As fui d'un maître altier la domination,
Noble Italie! en vain, dans ta lutte inégale,
Auras-tu de nos bras imploré le secours?
Doivent-ils être encor foulés par le Vandale
Ces champs où de César l'ombre apparaît toujours?

Ah! de ton ame généreuse,
Philippe, suis l'élan: il ne trompe jamais.
D'une assistance courageuse
Porte à tant d'opprimés la gloire et les bienfaits.
Songe qu'en ce moment l'univers te contemple;
Que mille bras levés attendent ton signal,
Et que de ton appui le mémorable exemple
Doit de tous les tyrans marquer le jour fatal.

Ne crains pas que de la patrie
Ce noble dévoûment trouble les jours sereins,
Et que la funeste anarchie
Accomplisse jamais ses coupables desseins.
La France te répond des fruits de sa conquête :
Sa gloire est désormais à n'en plus abuser.
Vainement sous nos pieds l'hydre lève la tête,
Quand il en sera tems nous saurons l'écraser.

De la fourbe ou de la faiblesse
Crains plutôt la terreur et les lâches détours,
Et dans leur perfide promesse
Redoute plus encor le langage des cours.
Quel que soit l'étendard que le despote arbore,
Quel que soit le rameau qu'en tes mains il ait mis,
Sois sûr qu'à te trahir il se prépare encore :
Des bons rois les tyrans sont toujours ennemis.

Ose, la France t'en conjure,
Ose des nations les souhaits exaucer ;
   Marche, et pour venger leur injure
Comme un géant terrible elles vont se dresser.
Que ton génie encore en ce jour nous seconde,
Que du dernier combat il donne le signal,
Et la France à jamais libre et reine du monde,
Verra flotter partout son drapeau triomphal !